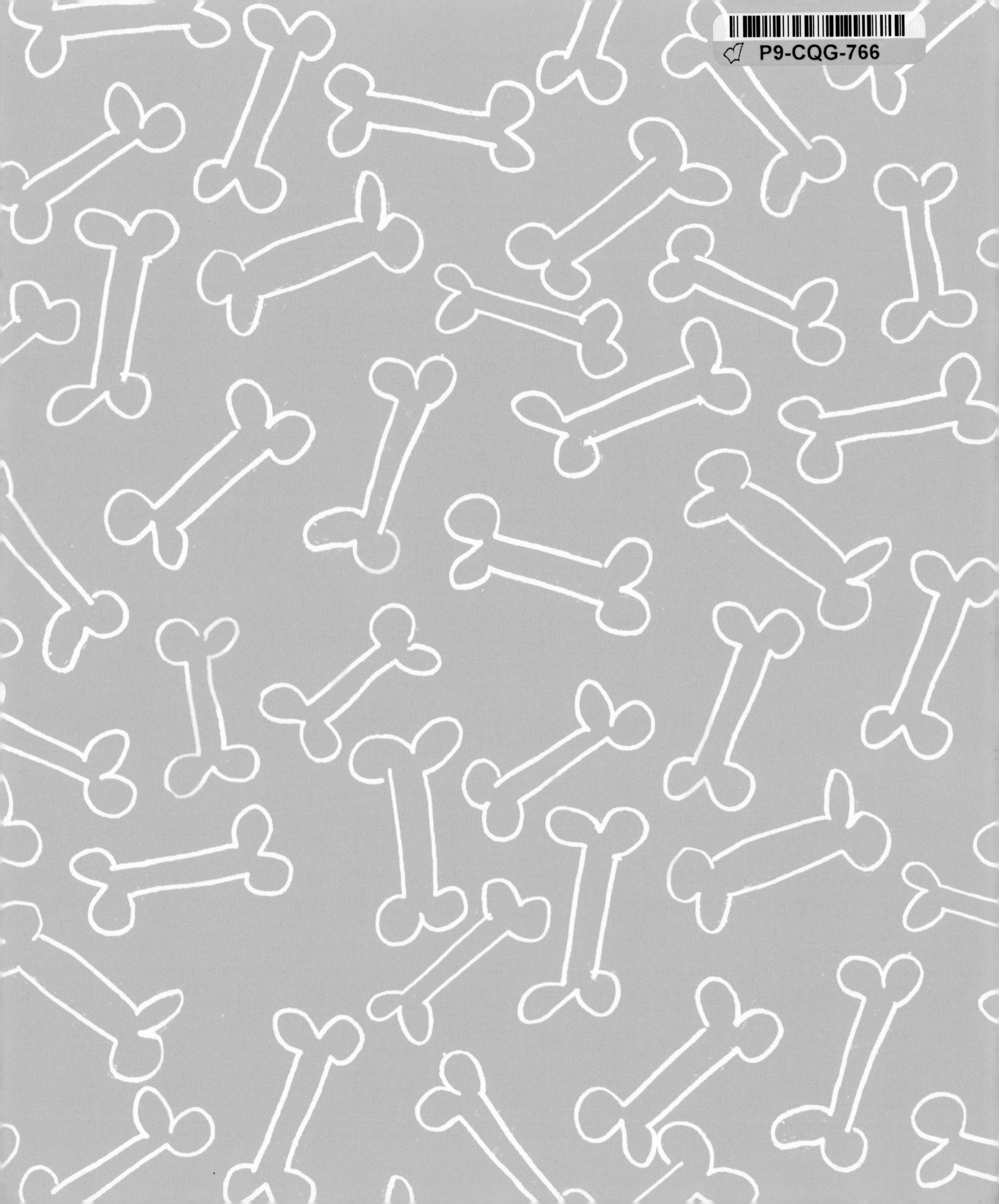

Ni guau ni miau
Serie Egalité

www.nubeocho.com – info@nubeocho.com

Correctora: Daniela Morra

Primera edición: 2017
ISBN: 978-84-945415-2-0
Depósito Legal: M-27423-2016
Impreso en China

ni GUAU ni MIAU

BLANCA LACASA
ILUSTRADO POR GÓMEZ

Esta es la historia de Fabio.

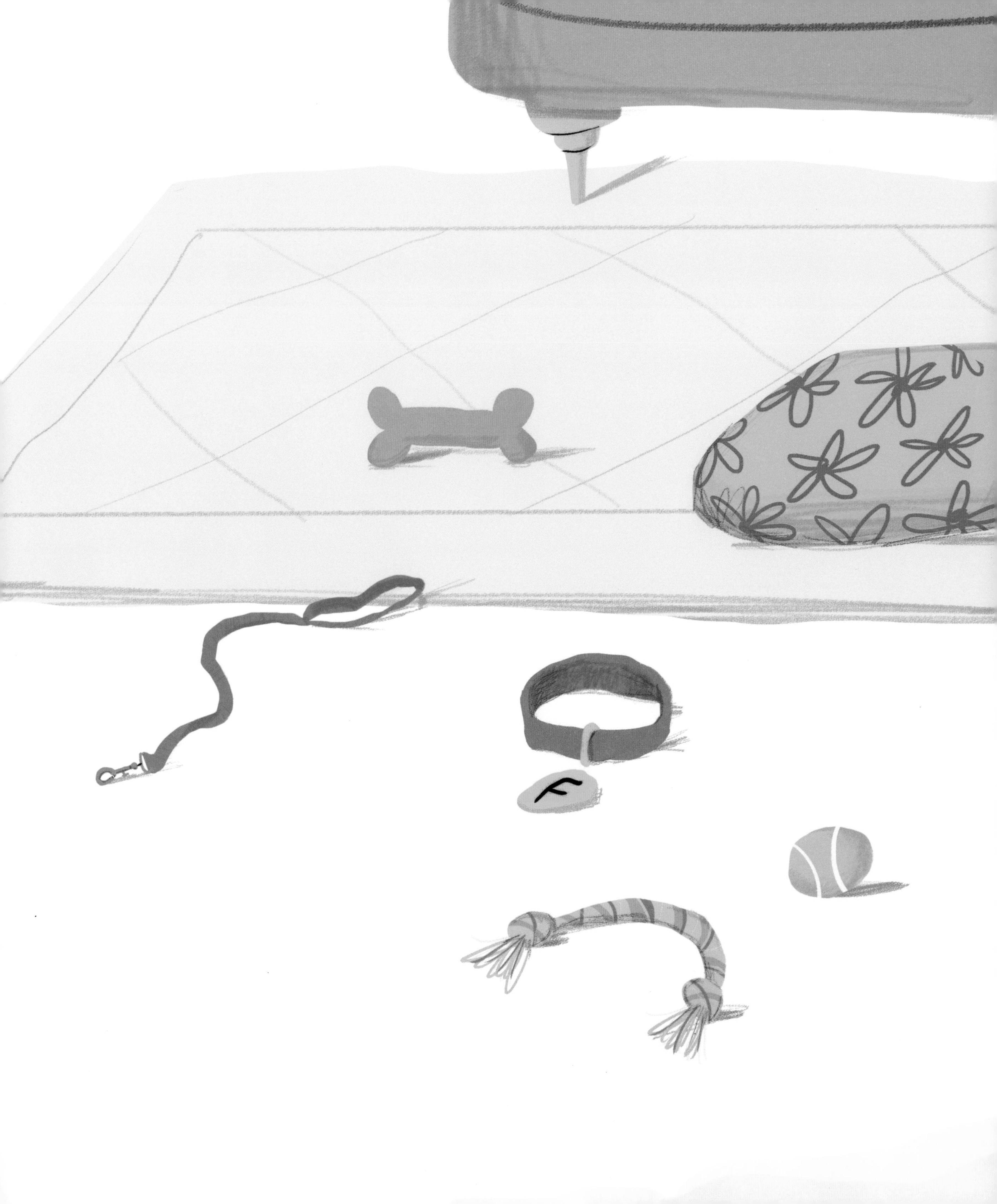

Fabio es un perrito.

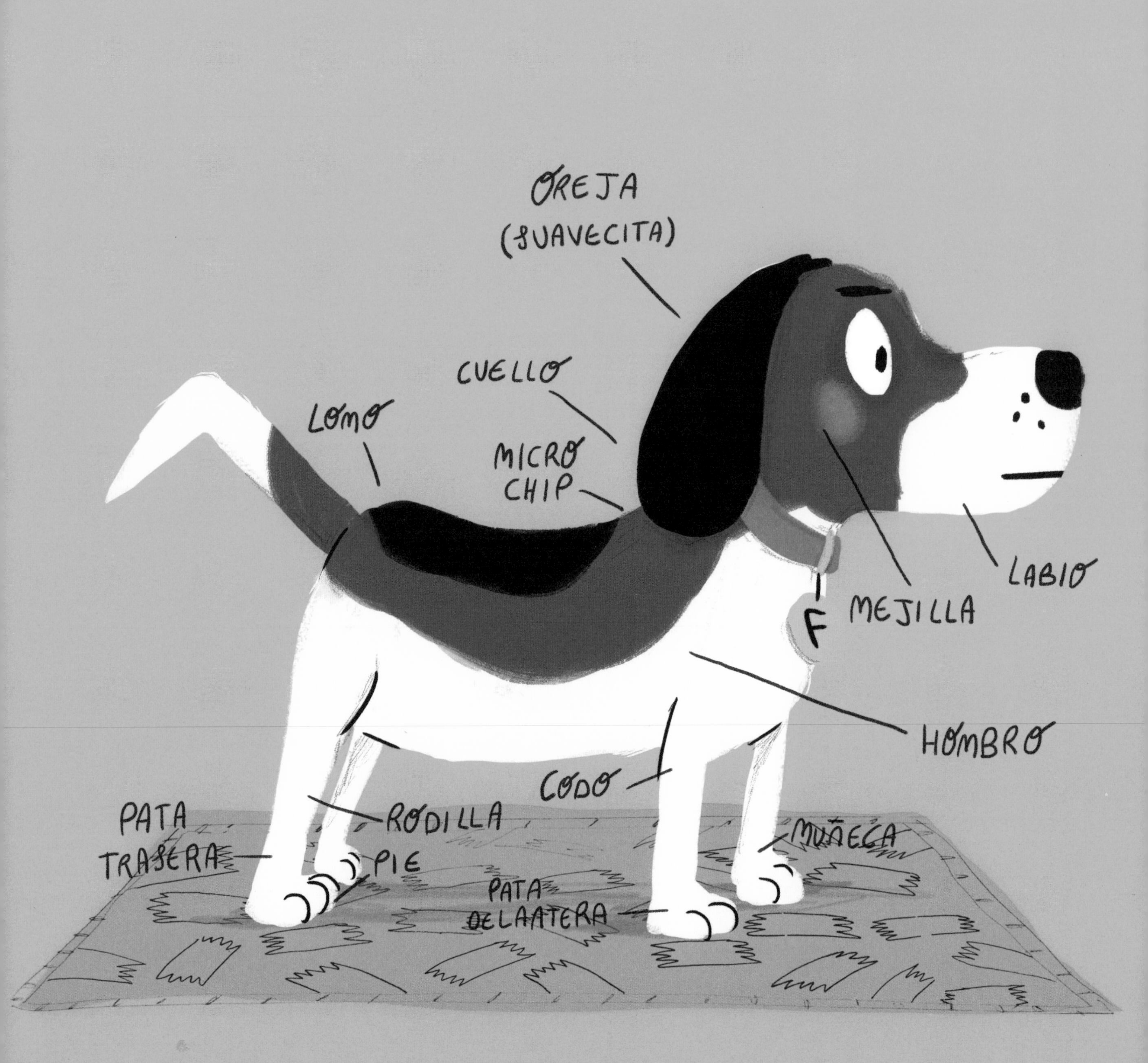

Fabio no va a
buscar el palito.

Fabio no ladra.

Fabio no se revuelca por el
suelo para que le hagan mimos.

Fabio no
mueve la
colita.

Fabio no saca su lengua a pasear
cuando viene cansado de correr;

porque Fabio,
además de no ir a por el palito,

tampoco va a por la pelotita.

Fabio no hace nada
de lo que se espera que hagan los perros.

Sin embargo, la familia de Fabio le ladra,
le lanza palitos, le acaricia la barriga,
se tira al suelo a jugar con él, intenta hacerle
correr tras la pelota.

GUAU
GUAU

—Guau guau —le dice Max, el niño de la familia—.

Guau guau —le repite Max—.

Pero Fabio, simplemente mira con cara rara y muda.

Una noche, muerto de sed, Max se levanta a por un vaso de agua. Aunque está oscuro, se da cuenta de que Fabio, el perrito que no ladra, no está…

"Qué raro...", piensa Max, "es extraño que no esté en ningún rincón de la casa en medio de la noche..."

Y así, una noche tras otra.

Cada vez que Max salta de la cama,
Fabio no aparece por ningún lado.

Desaparecido. Como por arte de magia.

Un día, Max, que es atrevido,
se queda despierto para averiguar qué sucede.

Entonces se da cuenta de que Fabio, el perrito que no mueve la colita, sale a escondidas de casa cada noche.

Max descubre que su singular perrito se reúne todas las noches con un montón de gatos que, ellos sí, hacen cosas de gatos…

Fabio, el perrito diferente,

se afila las uñas,

trepa por cañerías,

persigue ratones...

Se enreda en ovillos de lana,

se tira desde los tejados,

se sube a los árboles...

Fabio incluso *laúlla* (algo entre
un ladrido y un maullido).

Todas las noches, se reúne con sus amigos los gatos, para hacer lo que hacen los gatos a lo largo y ancho de este mundo:

lo que les da la gana.

Max, escondido, observa
atentamente a su perrito. Tan feliz.

Luego, se marcha a casa. Despacio. Sin hacer mucho ruido. Pero sí muy pensativo.

A la mañana siguiente, todo sigue igual.
Mamá le saluda con unos sonoros guau guau.

GUAU
GUAU

Papá, por su lado, le da los buenos días
de la manera más perruna imaginable.

Ningún resultado.
Nada parece llamar la atención del pobre Fabio.

Hasta que llega Max y, ni corto ni perezoso, le pone un plato lleno hasta arriba de leche, mientras le *laúlla* bajito para que nadie se entere.

En ese momento, Fabio
sale de su letargo y se acerca a él
con los ojos como platos.

Entre ronroneos, frota su cabeza
contra la pierna de Max.

Max sonríe.
Y Fabio está contento…

¡Por fin!